Mon ami Henri

Philippe Béha

Éditions
SCHOLASTIC

Les données de catalogage avant publication sont disponibles.

Édition publiée par les Éditions Scholastic,
604, rue King Ouest,
Toronto (Ontario) M5V 1E1

5 4 3 2 1   Imprimé au Canada 114   12 13 14 15 16

À mes amours, Tom, Nina et...

Depuis une heure et demie, j'attends
Henri dans le parc près de chez lui.

Henri, c'est mon meilleur ami
depuis l'âge de deux ans et demi.

Il est trois heures et demie...
j'attends toujours Henri

et je commence à me faire du souci.

— Bonjour l'écureuil! As-tu vu mon ami Henri?
Il est petit et frisé.

— Oui! Oui! dit l'écureuil.

— Pendant l'avant-midi, je l'ai vu
rentrer dans l'épicerie avec un ami.

Avec un ami?

Mais c'est moi son ami!

— Bonjour le chat de l'épicerie!
As-tu vu mon ami Henri? Il est petit,
frisé, avec de grands yeux noirs.

— Oui! Oui! répond le chat de l'épicerie.
À midi, je l'ai vu sortir de la pharmacie
avec deux amis.

Avec deux amis?

Mais c'est moi son ami!

— Bonjour le chien du pharmacien!
As-tu vu mon ami Henri?

Il est petit, frisé, avec de grands yeux noirs et des taches de rousseur sur le nez.

— Oui! Oui! rétorque le chien du pharmacien. En début d'après-midi, je l'ai vu à la pâtisserie avec trois amis.

Avec trois amis?

Pourtant, c'est vraiment moi son ami!

— Bonjour le pigeon sur le balcon!
As-tu vu mon ami Henri?

Il est petit, frisé, avec de grands
yeux noirs, des taches de rousseur sur
le nez et un sourire jusqu'aux oreilles.

— Oui! Oui! réplique le pigeon sur le balcon. Il y a une minute et demie, je l'ai vu près de ta maison entouré de plein d'amis qui portaient des cartons.

— Avec plein d'amis qui portaient des cartons?

Près de ma maison?

Henri?
Mon meilleur ami?

Le cœur gros, je pousse la porte
de ma maison et alors...

je fais un grand bond!

Henri, mon meilleur ami,

petit, frisé, avec de grands yeux noirs,

des taches de rousseur sur le nez et

un sourire jusqu'aux oreilles

se tient devant moi

avec tous nos amis derrière lui.

— Bonne fête mon meilleur ami! s'écrie Henri.

– Bonne fête!

s'écrient en chœur tous nos amis.

Fin